ÉTRENNES

DE L'AN 1840,

ou

LES ADIEUX D'UN BRETON

A LA VILLE DE PARIS.

Auri sacra fames, quod non mortalia pectora cogis !

PARIS.

IMPRIMERIE DE E.-B. DELANCHY.

Faubourg Montmartre, N° 11.

1840.

ÉTRENNES

DE L'AN 1840,

OU

LES ADIEUX D'UN BRETON

A LA VILLE DE PARIS.

Auri sacra fames, quod non mortalia pectora cogis !

PARIS.

IMPRIMERIE DE E.-B. DELANCHY,

Faubourg Montmartre, N° 11.

1840.

Avant-Propos.

Si cet opuscule, cette satire, comme on voudra, rencontre des contradicteurs, je leur répondrai qu'en matière de mœurs, de bien-être et d'abus, chacun voit les objets du point de vue où il est placé, et que sous ce rapport, l'homme qui a vécu avec la partie la plus matériellement occupée des masses, est plus propre à observer et à juger qu'aucun autre.

Que la critique ne me reproche pas d'avoir chargé les tableaux, car j'ai vu et senti les causes et les effets tels que je les dépeins.

Il y aurait aussi de l'injustice à traduire par des personnalités ces récriminations contre Paris, corroborées pourtant par quelques épisodes dont le fond est vrai ; hors cinq ou six noms propres, personnifications éteintes ou vivantes qui appartiennent à l'histoire, je proteste que je n'ai voulu accuser personne ; j'attaque les choses et non les hommes. 1814, 1815 et 1830, sont des conséquences de l'action providentielle que les hommes n'ont pu empêcher, puisqu'elles ont eu lieu.

Signaler les abus, et flétrir surtout ceux qui se cachent sous le masque de l'humanité, est un devoir pour ceux qui ne reculent ni devant les obstacles, ni devant la crainte de déplaire; car il faudrait désespérer de l'humanité si le nombre des méchants 'emportait sur celui des bons.

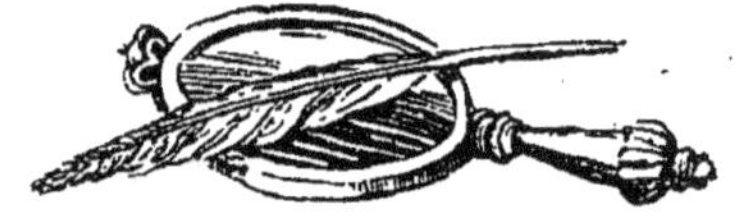

Étrennes de l'an 1840,

ou

LES ADIEUX D'UN BRETON

A LA VILLE DE PARIS.

Auri sacra fames, quod non mortalia pectora cogis !

Adieu, Paris ; adieu, défilé tortueux
Où viennent s'égarer tant de sots vertueux,
De paysans niais, de bourgeois imbécilles,
D'intrigants maladroits, de valets inutiles,
Et tant d'ambitieux sans talents et sans nom,
Qui, croyant par ta route aller au Panthéon,
Souventdésespérés, regrettant leurs charrues,
Vont attrister ta Morgue ou mourir dans tes rues.
Etrange aveuglement, bizarre illusion,
Nés des vagues désirs de notre ambition !
Vous seuls dans mille écarts précipitez les hommes.
Inconstants, insensés, aveugles que nous sommes !
Loin des tendres parents que nous avons chéris,
Nous fuyons ! et pourquoi ? pour venir à Paris
Mendier de la gloire à sa voix qui nous crie :
« Accourez, jeunes gens, enfants de la patrie,
« Je suis l'Eldorado de tout le genre humain ;
« Jouissances, trésors, faveurs sont sous ma main.
« Arbitre du destin, je dispense la gloire
« Au guerrier dont l'ardeur aspire à la victoire ;

« Je promets le repos aux vétérans de Mars,
« Et des honneurs à ceux qui cultivent les arts. »
Jongleur insidieux, qui pousses dans la boue
Tant de cœurs élevés dont l'intrigue se joue,
Dis-moi, si dans tes murs, les services passés
Ont jamais par tes soins été récompensés?
Si l'or, plus puissant que toute autre puissance,
N'est pas partout, chez toi, l'idole qu'on encense?
Et si l'homme de bien privé de ce métal
Ne va pas comme un sot mourir à l'hopital?
Appelle ces Français (1) dont ta folle inconstance
A tant de fois détruit la paisible existence ;
Fais venir ces soldats qui t'ont servi vingt ans ;
Quoique nés dans ton sein, de tes vieux habitants,
Leur misère et leur sort, aussi triste que rude,
Accusent tes rigueurs et ton ingratitude.....
Sans le pouvoir de l'or qui domine aujourd'hui,
La probité constante est toujours sans appui!...
Ose me récuser, prouve-moi le contraire ;
Regarde : tout ici n'est-il pas arbitraire ?
Le pauvre est rebuté, le riche fait les lois ;
A l'imberbe rentier tu donnes des emplois
Refusés aux malheurs, aux talents, aux services (2)
Trop nouveaux ou trop vieux au gré de tes caprices.
Le faussaire, l'ingrat, le traître, l'imposteur,
Le coquin ténébreux, le calomniateur,
Le plus hardi fripon en astuce, en malices,

----

(1) On sait comme les révolutions déplacent les individus, et jettent
de désordre dans les positions.

(2) Beaucoup d'anciens militaires, nés même à Paris, après avoir
en vain frappé à la porte de tous les ministères, sont sur le pavé ; le
grand argument du refus motivé d'un emploi, est qu'à quarante et qua-
rante-cinq ans on est trop vieux.

Dont le cœur vil et bas est pétri d'artifices,
Qui ne respire enfin que rapine et que sang,
S'il est riche, à tes yeux est toujours innocent :
Les portes du plaisir partout lui sont ouvertes ;
Mais le pauvre ! Ah ! grand Dieu, garde à lui si des pertes,
Un procès, des enfants, ou quelque autre malheur
Venait de sa famille ébranler le bonheur !...
Savez-vous, dirais-tu, d'où provient sa faillite ?
De son cœur un peu faible, un peu de sa conduite
Qui, trop franche.... On t'entend, on devine le coup,
L'honnête homme est un sot : honte à lui, l'or est tout ;
Et l'obscur artisan, qui, toujours dans la gêne,
N'oppose à tous ses maux que le temps et la peine,
Si son corps pour l'ouvrage est un peu trop usé,
Qu'il ne s'excuse plus, car il est accusé ;
Il est intempérant, paresseux et prodigue,
Perturbateur surtout, puisqu'il craint la fatigue.
Et comment repousser ces reproches affreux,
Paria du progrès, n'est-il pas malheureux ?

Tout chez toi décourage et n'est qu'anomalie ;
La raison n'est partout que trompeuse folie ;
L'intrigue audacieuse, hostile aux artisans,
Leur enlève en trois mois les travaux de dix ans,
Et feignant de tomber, de faillite en faillite,
Retombe et rebondit jusqu'à la commandite,
Pendant qu'actif et probe, en un coin confiné,
Le modeste marchand est bientôt ruiné.
Sur l'un des deux côtés de ton double visage,
Tout est grand, généreux, humain, beau, juste et sage ;
Sous l'autre, tout est faux : nature, amis, amants,
Maîtresse, appui, discours, promesse et sentiments.
Tu proclames très-haut dans tes phrases pompeuses

Que tu donnes tes soins aux classes malheureuses,
Pendant que la misère est partout à l'étroit,
Qu'on ne trouve pour elle aucun salubre endroit,
Qu'augmentant tous les jours, sa demeure est restreinte.
Du tigre cependant on élargit (1) l'enceinte,
Oui, du tigre... et ce nom a pour toi tant d'appas,
Qu'il a toujours du pain quand l'homme n'en a pas.
Mais voyons si jamais plus pénible contraste,
Quand il peignit les mœurs, affecta (2) Théophraste?
Ton goût pour le clinquant est-il exagéré?
N'est-il pas à l'utile en tous temps préféré?
L'obélisque entouré de merveilles frivoles
Dont la moitié du prix eût fondé cent écoles
Et créé dans ton sein deux ou trois hôpitaux;
Des éléphants logés, nourris dans des châteaux;
Et dans des galetas, couché sur des civières,
Le superbe rebut de toutes les misères,
Ce chef des animaux, ce roi de l'univers,
Que ton luxe a rendu scepticiste et pervers,
L'homme enfin, que Dieu fit à sa sublime image
Pour qu'il devînt l'objet de ce barbare outrage!...
Mais n'ai-je pas, dis-tu, « des temples, des palais,
« Des opéras divins, des concerts, des ballets,
« Des cirques, des salons et des académies,
« Où tant de vanités, jadis mes ennemies,
« Viennent des bouts du monde apporter leur argent,
« Qui du luxe au travail retourne à l'indigent? »
Non, cent fois non, l'argent élude sa prière;

---

(1) Allusion à l'acquisition d'un vaste terrain pour l'agrandissement
du Jardin-des-Plantes.
(2) Célèbre peintre de mœurs.

L'eau ne va-t-elle pas toujours à la rivière ?
Et tes lacs, tes ruisseaux éloignés de son cours,
Ne sont-ils pas à sec, déserts et sans secours ?
« N'ai-je pas un portique, un Panthéon de gloire,
« Où les arts, empressés d'honorer ma mémoire,
« Attestent..... » Halte-là, trop vaniteux Paris !
Quand sur ta tête altière et devant nos débris
La lance de Platow (1) fut deux fois suspendue,
Reine de l'univers, ne t'es-tu pas rendue ?
N'as-tu pas renié ces soldats valeureux
Qui t'ont fait un rempart de leurs corps généreux,
Et qu'on a vus depuis mendier dans ces rues
Qu'ils avaient à ta voix si souvent secourues ?
Et tu veux que la gloire, auréole du cœur,
Ceigne ton front doré des lauriers du vainqueur !
Non, non, cet honneur seul appartient à la France
Dont tu trompas deux fois l'héroïque espérance.
Orgueilleuse cité, qui vantes ta vertu,
Si tu l'avais alors, pourquoi te rendais-tu ?
— La nécessité seule... — Est l'excuse du lâche.
Quand le Russe attaqué, poursuivi sans relâche,
A la défection préférait le trépas,
Même au sein de Moscou ne résistait-il pas ?
Et toi, jadis si fière à l'aspect des batailles,
Tu vends deux fois ton nom, ta gloire et tes murailles ;
Tu proscris Dauménil, Bernard, Carnot, Bertrand,
Et tu combles d'honneurs Raguse et Talleyrand ?
Mère des vieux Gaulois, n'étais-tu pas jalouse
D'imiter dignement le vainqueur de Toulouse !
Non, car l'honneur se tait, quand on n'aime que l'or,

____

(1) Général en chef des cosaques.

Et quand, insatiable, on en demande encor
A la porte des murs d'où les fruits de la terre
Ne vont que pressurés aux mains du prolétaire ;
Quand, altéré de luxe, on prélève en détail
La dîme de la faim imposée au travail.
Et pourquoi donc enfin se montrer si barbares ?
Pour avoir les lions et les loups les plus rares !
Vas, vas de tes charniers augmenter les trésors
Et de leurs habitants remonter les ressorts ;
Mais de tes soins pour eux redoute l'imprudence,
Car si le tigre, là, rugit dans l'abondance,
Le malheureux, ici, sans asile et sans pain,
Maudit sa destinée et ta barbare main.
Il a tort...., n'as-tu pas des dépôts, des hospices
Où tu soignes son corps et corriges ses vices,
Des salles, des maisons dites de charité,
Ouvertes à toute heure à la mendicité ?
Oui, ton humanité les dessert à merveille
Ces asiles du crime où la vengeance veille,
Ces infâmes prisons, équivoques dépôts
Où l'honnête indigent vit avec des escrocs !
Et depuis quand, dis-moi, les besoins sont des crimes ?
Ton progrès marche-t-il entouré de victimes ?
Faut-il être rentier, électeur, député,
Pour jouir de ses droits et de sa liberté ?
Des hospices ! le pauvre, à l'âge où la misère
Accumule sur lui tous les maux de la terre,
N'a-t-il pas acheté par ses privations,
Et sa taxe payée aux contributions,
Le triste droit d'entrer dans le lit de souffrance
Où va s'évanouir sa dernière espérance ?
Et pourtant, de sa part, que de soins, que d'efforts,
Pour pénétrer vivant où tant d'autres sont morts !

Il n'y parviendra pas s'il n'est que misérable ;
On est pour ce mal-là toujours inexorable.
Toutefois, s'il le peut, si son corps haletant
Le traîne à ton parvis infect et dégoûtant,
Que n'assainiraient pas tous les parfums de l'ambre,
Qu'il aille de la mort respirer l'antichambre.
Et que te font à toi sa misère et sa mort ?
Ta charité t'excuse et t'absout du remord.
Oui, je sais que souvent des âmes généreuses
Grossissent de leurs dons tes épargnes pieuses ;
Mais pour apprécier l'emploi de ces bienfaits,
Écoute ces récits appuyés sur des faits
Dont la véracité n'est que trop authentique.
— Inscrit sur les tableaux de la pitié publique.
Un pauvre journalier, père de cinq enfants,
Malade, sans ressource et sans médicaments,
Attendait qu'un remède, apporté par sa femme,
Vint rendre avec l'espoir quelque calme à son âme.
Oh ! contre-temps fâcheux ! le docteur est parti,
Le commissaire aussi pour affaire est sorti ;....
Mais les sœurs ont du moins à toute heure un breuvage,
Et vite notre épouse est encore en voyage.
— « Mon pauvre homme est, ma sœur, à deux doigts du trépas.
— Ce malheur, mon enfant, ne nous regarde pas ;
Allez au médecin ou bien à la mairie. »
Elle y court. — « Votre nom ? — Je m'appelle Marie.
— Vos papiers ? — Eh ! monsieur, avec mon bulletin
Je pensais.... — Vous pensiez !... Venez demain matin. »
Et la femme du pauvre, inquiète et troublée,
N'arrive auprès des siens que pour voir désolée
La nombreuse famille à qui le pain manquait,
Depuis le jour néfaste où le père vaquait !
Quels insensibles cœurs ont de la bienfaisance

Accepté le mandat avec tant d'assurance,
Pour que le pain donné soit si rare et si sec ?
— Encore une anecdote après ce triste échec
Que je pourrais d'ailleurs étayer de mille autres.
Pendant un long hiver ainsi que sont les nôtres,
L'époque importe peu , mais c'était vers le soir,
Un vieil instituteur, qui venait de s'asseoir
Sur un banc isolé de la place Royale,
Gémissait en songeant à la nuit glaciale
Que semblait lui promettre un ciel rouge et chargé ;
Il tremblait le pauvre homme, et n'avait pas mangé !..
Notez ceci, lecteur, la rivière était prise.
Par quel expédient sortir de cette crise?
Il ne possédait rien, son cœur était brisé ;
Effets , argent, secours , tout était épuisé ;
Enfin il va trouver la sœur hospitalière.
— « Revenez , lui dit-on, madame est en prière.
—Quand? —Demain.»— Et la porte a tourné sur ses gonds.
Le voilà donc ,.ô ciel ! au rang des vagabonds ;
S'il était arrêté ! combien il le désire !...
Vain espoir ! tout s'enferme et la garde respire ;
On le trouva pourtant : mais hélas ! un peu tard !
Vers minuit, en effet, l'infortuné vieillard,
Forcé par un grand froid d'errer à l'aventure,
De chercher quelque part un peu de nourriture,
Et de ne faire enfin que des pas superflus,
Sans parents, sans amis (le pauvre n'en a plus !) ,
N'ayant qu'un bourgeron de grosse toile écrue,
A côté d'une borne expirait dans la rue (1).

---

(1) Cette triste fin d'un instituteur a réellement eu lieu ; le lendemain quelques journaux annonçaient qu'on avait trouvé un homme mort-ivre dans la rue.

Voilà Paris, voilà les affligeants revers
Qu'on n'éprouverait pas au bout de l'univers,
Chez ces peuples grossiers que tes aréopages
Désignent sous le nom de stupides sauvages,
Et qui, moins durs que toi, l'expérience est là,
Diraient au malheureux : Tu souffres, me voilà.
De combien d'autres faits puisés dans ton histoire
Ne ternirait-on pas ta parasite gloire,
Si l'illustre Leroux (1), dieu par ses procédés,
Ressuscitait les fous et les suicidés ?
On verrait que ton or, écueil de la sagesse,
Ta sourde ambition, ton avide richesse,
Ont plus tué de corps et dérangé d'esprits
Que la foi d'Épicure et ses bruyants écrits.
Oui, le luxe partout propage son ivresse,
Mais le vice odieux qui naît de la mollesse,
L'égoïsme inhumain te ronge tous les jours.
Du peuple qu'il déprave où sera le recours ?..
L'artisan qui s'épuise et qui voit la fortune
N'accorder ses faveurs qu'à l'intrigue importune,
Croira-t-il aisément ce que tu ne crois pas,
Qu'il est une autre vie au-delà du trépas
Où cesseront pour lui la peine et la souffrance ?
Nourrira-t-il long-temps cette douce espérance
Dans ta sceptique enceinte où le culte de Dieu (2)
Sort broyé du creuset de ton juste milieu,
Quand la religion, si souvent accusée,
N'inspire à ses pasteurs qu'une éloquence usée,

---

(1) Chirurgien en chef de l'Hôtel-Dieu.
(2) Ceci s'entend de l'indifférence en matière de religion et pas autre-
ment.

Et ne prodigue plus dans ces temps malheureux
Que la manne céleste à des estomacs creux?..
Non, non, la vérité que ton culte néglige,
A tes profanes vœux ne doit pas ce prodige.
Aussi voit-on chez toi, guidés par les désirs,
Accourir à grands flots ces amants des plaisirs
Que l'irréligion aiguillonne et rassure.
Eh! n'es-tu pas pour eux une retraite sûre,
Un rendez-vous commode aux antres étendus,
Où viennent s'abriter tous les enfants perdus?
Une caverne enfin, une grotte profonde
Où vont changer de peau tous les serpents du monde?
Haï dans son village où sa déloyauté
L'a tant de fois flétri d'un mépris mérité,
Celui-ci, pour cacher sa malice et sa honte,
Vient remettre chez toi sa bassesse à la fonte.
Cet autre, signalé pour des tours plus adroits
Dans la ville où sa plume, hostile à tant de droits,
D'un argent escroqué fut la seule hypothèque,
Sous un nom qu'il emprunte à la légende grecque,
Sans regrets, sans remords et d'un air aguerri,
Le front haut, l'œil altier, le visage fleuri,
Descend avec fracas dans l'hôtel où des princes
Ont souvent précédé les escrocs des provinces.
Celui-là, plus hardi, met ses assassinats
Au nombre des délits qui troublent les états,
Et pour fuir le gibet, se glisse avec audace
Dans les rangs des proscrits que le parlement chasse,
D'autant plus rassuré s'il apporte de l'or,
Que pendu chez les siens, il est chez toi mylor.
Exécrable morale enseignée en secret
Par les docteurs du bagne où ses lois font décret,
De combien de brigands, de repris de justice,

De criminels tarés, de Séides du vice,
Saisis, jugés, absous, évadés ou repris,
N'empoisonnes-tu pas les contours de Paris?
Étonnons-nous après que le crime, à toute heure,
Du paisible habitant menace la demeure,
Qu'un lâche assassinat, un vol ensanglanté,
De ses combinaisons étonne la Cité,
Et que, pour inculquer sa science infernale,
L'injustice ait aussi son école normale
Où viennent se former ces flâneurs de seize ans,
Futurs courtiers du vice, adroits et séduisants,
Et ces milliers d'escrocs, flibustiers de village,
Qui t'apportent l'essai de leur apprentissage,
En brisant tes carreaux, en dérobant tes plombs,
Et ces jeunes filoux, aux cheveux bruns ou blonds,
Dont la novice main timidement n'approche
Que pour sonder d'abord le gousset ou la poche,
Apprentifs Macairiens dont on trouve à Toulon
Dans le crime encor jeune un vieil échantillon,
Et tant d'autres enfin toujours pressés de mordre,
Quand leur meute s'élance à la voix du désordre.
Si, séduit maintenant par l'éclat saisissant
D'un faste illimité, d'un luxe éblouissant,
Un nouveau Lacenaire, en face de ses crimes,
Énumère ses vols, ses coups et ses victimes;
S'il vient avec audace, au sein même des lois,
Préconiser sa vie et vanter ses exploits,
Qui ne s'indignera de cet orgueil extrême?
Justice à l'assassin.... mais à toi l'anathême!
Oui, des plus grands forfaits, je le répète encor,
Insouciant Paris, n'accuse que ton or,
Ton or seul, source infecte, impure, empoisonnée,
Qui souille tout, honneur, nature et destinée.

Mais à quoi bon, dis-tu, ces furibonds discours?
La plainte et les abus subsisteront toujours.
—Tu crois?—Sans doute.—Eh bien! retournons la médaille.
Tout le monde chez toi s'ingénie et travaille,
On sonde la nature, on perfectionne tout,
Le commerce fleurit, l'abondance est partout,
On occupe les bras, on guérit la paresse,
On abrite le pauvre, on nourrit la vieillesse;
Et, pour mieux compléter cet éloge en deux mots,
Convenons que les biens l'emportent sur les maux.
Mais après, réponds-moi, superbe Babylonne,
D'où provient l'air épais qui toujours t'environne?
Est-il sous le soleil un pays plus affreux,
Un climat plus humide, un ciel plus ténébreux
Que le tien dont sans doute est sorti le déluge?
Quand il pleut, quand il neige, où trouver un refuge?
Sans manteau, sans argent (et combien n'en ont pas!),
Par où de tant de chocs éviter l'embarras?
Partout des chars, des chiens, des soldats, des coquettes,
Des facteurs, des cochers, des chevaux, des charrettes,
Des distributeurs d'eau, des porteuses de pains,
Des marchands de haillons et de peaux de lapins,
Des bains à quinze sous portés en équipage,
Des vitriers criards, des prisons en voyage,
Jettent à droite, à gauche, en arrière, en avant,
Le pauvre piéton qui, comme moi souvent,
Quand il a bien couru n'arrive plus à l'heure.
Ah! combien j'ai maudit ta maudite demeure,
Paris boueux, fangeux, nuageux, ennuyeux,
Quand, contraint sous la pluie, et crotté jusqu'aux yeux,
D'arpenter en courant tes détestables rues,
Tes collines de glace et de neiges fondues,
Je voyais disparaître, en sautant un ruisseau,

Mon chapeau dans la boue et ma canne dans l'eau !
Mais c'est surtout alors, pendant que je m'essuie,
Que j'exècre tout bas ton hideux parapluie.
Parapluie ! ah ! ce nom me pénètre d'horreur,
Je ne puis y songer sans entrer en fureur ;
Ce champignon mobile à la pointe perfide
Rend de loin ma démarche inquiète et timide ;
Aujourd'hui même, au lit, je crois encor le voir
Se déployer dans l'air, s'étendre, se mouvoir,
S'avancer, s'incliner, tourner de cent manières
Et frapper tout-à-coup mes débiles paupières,
D'autant plus dépité contre un trait aussi noir,
Que si, pour l'éviter, je quitte le trottoir,
Un fiacre à l'instant ou quelque autre voiture
D'une couche de boue inonde ma figure.
Ah ! si Boileau vivait, que dirait-il de vous,
Conduits inachevés, incommodes égoûts,
Monuments commencés, toujours interminables,
Pavés si remués, sentiers impraticables,
Vapeur utile au riche, hostile à tant de bras
Dont l'inactivité n'est plus qu'un embarras ?
Mais il ne dirait rien, car sa Muse divine,
En lui montrant l'Olympe où l'heureux Lamartine
S'est contre les abus barricadé là-haut,
Lui prouverait tout bas qu'un frondeur est un sot.

Je m'arrête ; aussi bien, ne pouvant pas tout dire,
Je crains de dépasser le but de la satire.
Je pars. Adieu, Paris, j'ai révélé ton mal ;
J'ai remué le sol où ton fier piédestal
N'a plus pour points d'appui que le froid scepticisme,
Le sordide intérêt, le farouche égoïsme.
Je pourrais, en prouvant que l'or est ta vertu,

Prédire que par lui tu seras abattu ,
Que Rome , dont l'argent fut aussi le principe ,
Disparut en perdant les vertus qu'il extirpe ;
Mais dans ces vérités , dont toi seul es l'objet ,
Ce point incontestable est peu de mon sujet ,
Et trop préoccupé des ignobles misères
Que ton luxe inouï réserve aux prolétaires ,
J'ai seulement voulu m'essayer à flétrir
Des abus condamnés tôt ou tard à périr,
Montrer que la sueur du peuple qu'on pressure
Entre dans le ciment de ton architecture ,
Qu'incessamment encor le tyran des octrois
Confisque à ton profit le plus saint de ses droits
Que respectait du moins la foi religieuse ;
Mais que la tienne à toi, n'est que séditieuse ,
Que l'or seul est ton Dieu , que lui seul corrompt tout ,
Que chez toi , plus qu'ailleurs , l'athéisme est debout ,
Et que l'homme qui doute et qui ne veut rien croire ,
A jouir à tout prix fait consister sa gloire.

Adieu ; quand les vertus, sœurs de l'humanité ,
Descendront des hauts lieux où règne l'équité ,
Pour mieux t'initier au consolant mystère
Qui donne l'âme au ciel et le corps à la terre ;
Quand l'Ange que ton nom doit immortaliser
Aura rallié ceux que tu sais diviser,
Et réchauffé des cœurs glacés par l'égoïsme
Au foyer de la gloire, au feu du royalisme ;
Quand, moins passionné pour les arts libéraux
Cultivés aux dépens d'intérêts plus moraux,
Tu respecteras mieux les vœux de la nature
En exauçant d'abord ceux de l'agriculture
Qui, loin de ses enfants , redevenus les tiens ,

Te demande à grands cris ses robustes soutiens ;
Quand, organe de tous, ta justice inflexible
Aura déconcerté la bande incorrigible
De tant de fainéants, occultes scélérats
Que la sécurité dénonce aux magistrats,
Et qui, pour la plupart, émissaires du bagne,
Communiquent partout la peste qui les gagne ;
Quand, volcan moins fécond en révolutions,
Tu n'attiseras plus le feu des passions
Par le souffle du faste anti-philanthropique
Qui brave insolemment la détresse publique ;
Quand, après vingt combats, mutilés ou perclus,
Les soldats abrités ne t'accuseront plus ;
Quand, moins sensible enfin, dans tes goûts déplorables,
Au destin des lions qu'au sort des misérables,
Ces derniers jouiront d'un meilleur avenir,
Alors, Paris, alors je pourrai revenir,
En attendant ce jour, adieu, je vais à Rennes
Et te laisse en partant ces souhaits pour étrennes.

ANGE B.-L. ADAM.

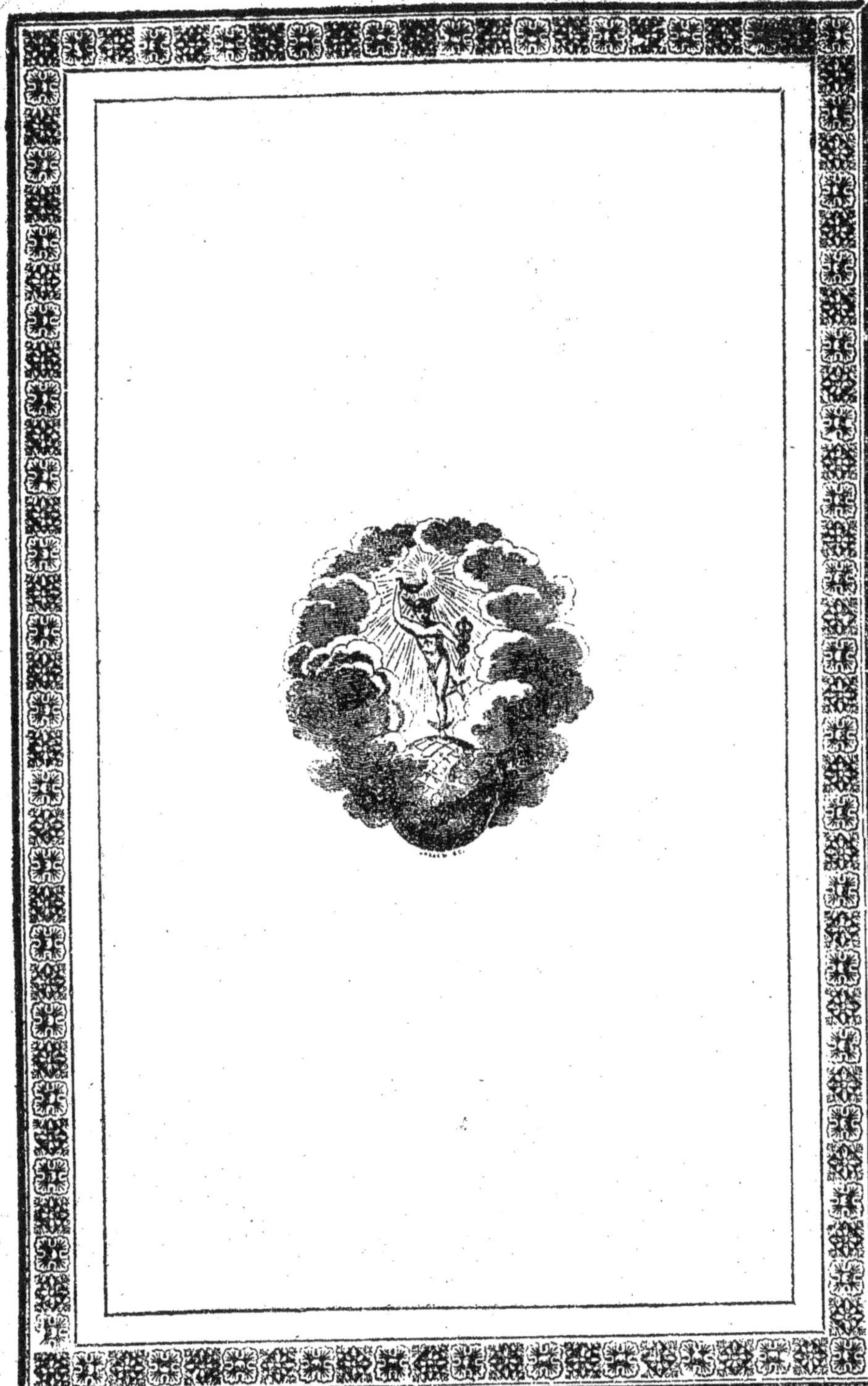